句画集

抗戦

本橋 無双

文芸社

はじめに

ウクライナではかつて、露西亜（ソ連）の蹂躙が繰り返されていた。一九九一年、ソ連崩壊後独立。一九九四年、ブダペスト覚書に同意。その時、すべての核の放棄と大幅な軍縮。

二〇一四年露西亜は、ブダペスト覚書の約束を破り、クリミア半島をあっさり占領。さらに二〇二二年、冬季北京オリンピック終了直後、ウクライナに侵攻。

占領の地獄、金輪際御免のウクライナ国民は断固徹底抗戦を貫いている。他国から武器、弾薬、食料、医薬品等の支援を受けるも、戦うのはウクライナ国民自身である。

又、露西亜の侵略は占領するまで終わらない。

自分の国は自分で護るのは当然である。

花盛り忘れぬ東京大空襲　無双

目次

侵攻

2024
Motohashi

残雪の八幡平《はちまんたい》／八 - 九頁

プロパガンダ

露西亜大軍国境の雪原に
雪原の露軍訓練放映す
雪原の露軍の映像繰り返す

兜の角には
小さすぎる顔
2022
Motohashi

兜虫角には小さすぎる顔

毘沙門天／一二頁

露西亜大統領

黒コート露西亜を治め二十年
黒コートずっと裸の王様で
凍る目や三日で占領する気なり
凍る目やしばしば核をちらつかせ
黒コート我は死ぬまで独裁者

冬将軍
大陸の

来る
無双
2024
Motohashi

冬将軍大陸の鳥どっと来る

狼／一四－一五頁

露軍侵攻

早春や待機の露兵十九万

冬季北京オリンピックの終りけり

二月二十四日露軍の動き出す

二月尽露軍の空爆始まりぬ

早春や露軍の隊列悠々と

ハッチから首出す露兵春浅し

春寒や薄ら笑いの露西亜兵

早春の露軍すんなり首都に入る

決断

一本の
裸の桜
目覚めけり
舞
かくすれば
かくなるものと
知りながら
已むに已まれぬ
大和魂
吉田松陰

かくすればかくなるものと
知りながら
やむにやまれぬ大和魂
吉田松陰／二一頁

千本の裸の桜目覚めけり

ウクライナ国内

早春の戦場にゐる大統領

春浅き戦闘服の大統領

二月尽散らばる同胞帰国せり

早春や六万人の志願兵

寒明けや国民の支持九割に

一国の背水の陣寒明ける

寒明けやウクライナ兵の士気高し

梅雨晴れや
スキンヘッドのガードマン
無双
台湾パイナップル
2023 Motohashi

梅雨晴れやスキンヘッドのガードマン　　台湾パイナップル／二四頁

前線の炊き出し

前線に居残る女二月尽

炊き出しの大寸胴や春浅し

春浅き炊き出しにゐるお婆ちゃん

早春の熱き炊き出し五千食

炊き出しをバケツで貰う冬帽子

寒風やどの炊き出しも底が見え

黙々と食べる兵士や二月尽

白息やパンを掴んで前線に

2022 Motohashi

火炎瓶

春浅き女で作る火炎瓶

着膨れて火炎瓶の種摺り下ろす

セーターや料理の手際の火炎瓶

春寒や空瓶の箱すぐ空に

冴え返るみなこてこてのおろし金

底冷えの壁一面の火炎瓶

曼殊沙華／二八頁

2022
Motohashi

それぞれの志願

早春や六十五歳の義勇兵

冬帽や自前の戦闘装備品

春光や老兵の体引き締まり

神功皇后／三〇頁

早春や新婚夫婦の志願兵

セーターや婚姻届のみを出し

早春や失うものがない母に

冬帽子もうせがまれぬ母乳かな

復讐の鬼と化す母冴え返る

春寒の的に現わる露西亜兵

銃口のぴたりと止まる余寒かな

春寒やみるみる的のささくれし

山積みのずたずたの的冴え返る

2023
Motohashi

避難　一

春浅き入学前の男の子
春光の父は逃げずに戦うと
ジャケッツやお前一人で逃げるんだ

子鹿／三四－三五頁

春光や父と息子のグータッチ

冬帽やリュック一つで逃げてをり

着弾の止むまでしゃがむ冬帽子

凍て土の穴を着弾開け続け
着弾の根こそぎの木や冴え返る
倒木の塞ぎし道や冴え返る
避難者の一塊や春浅し
早春や国境目指す大渋滞

避難車が拾う少年春の暮

冬帽子後部座席で眠りをり

寒夕焼避難渋滞膨らみぬ

KANKO BUS
2023

避難　二

春光のプラットホームの避難民
着膨れた避難者とゐる子犬かな
春光や避難列車の現わるる

興福寺五十二段／四〇頁

避難者を余す列車や冴え返る

早春の国境の駅避難所に

避難所の子供の笑顔春灯

国境へ入らずにいるジャケツかな

戦場にゆく行列や二月尽

かまきりの
子役ガ子供踏んでゆく

かまきりの子供が子供踏んでゆく

餓鬼／四四－四五頁

露軍兵站《へいたん》

早春や長蛇の露軍輸送隊

春泥に次々タイヤ捕まりぬ

春泥まみれのタイヤの裂けにけり

春泥や裂けたタイヤは中国製
早春の露軍渋滞六十キロ
前線に届かぬ兵糧二月尽

戦闘

埋木隠れの

青梅
突如
落ちにけり
無双

葉隠れの青梅突如落ちにけり

敦盛《あつもり》／五〇－五一頁

ウクライナの橋の上のホラティウス

ウクライナ工兵凍てし橋にをり
凍て橋のてこずる爆破作業かな
凍て橋の爆破作業の時間切れ
工兵の一人が残る寒さかな

工兵の電話でのジョーク春浅し

早春の電話に突如起爆音

凍て橋と共に工兵散りにけり

凍て橋の崩落あまたの水柱

工兵の最期見る兄息白し

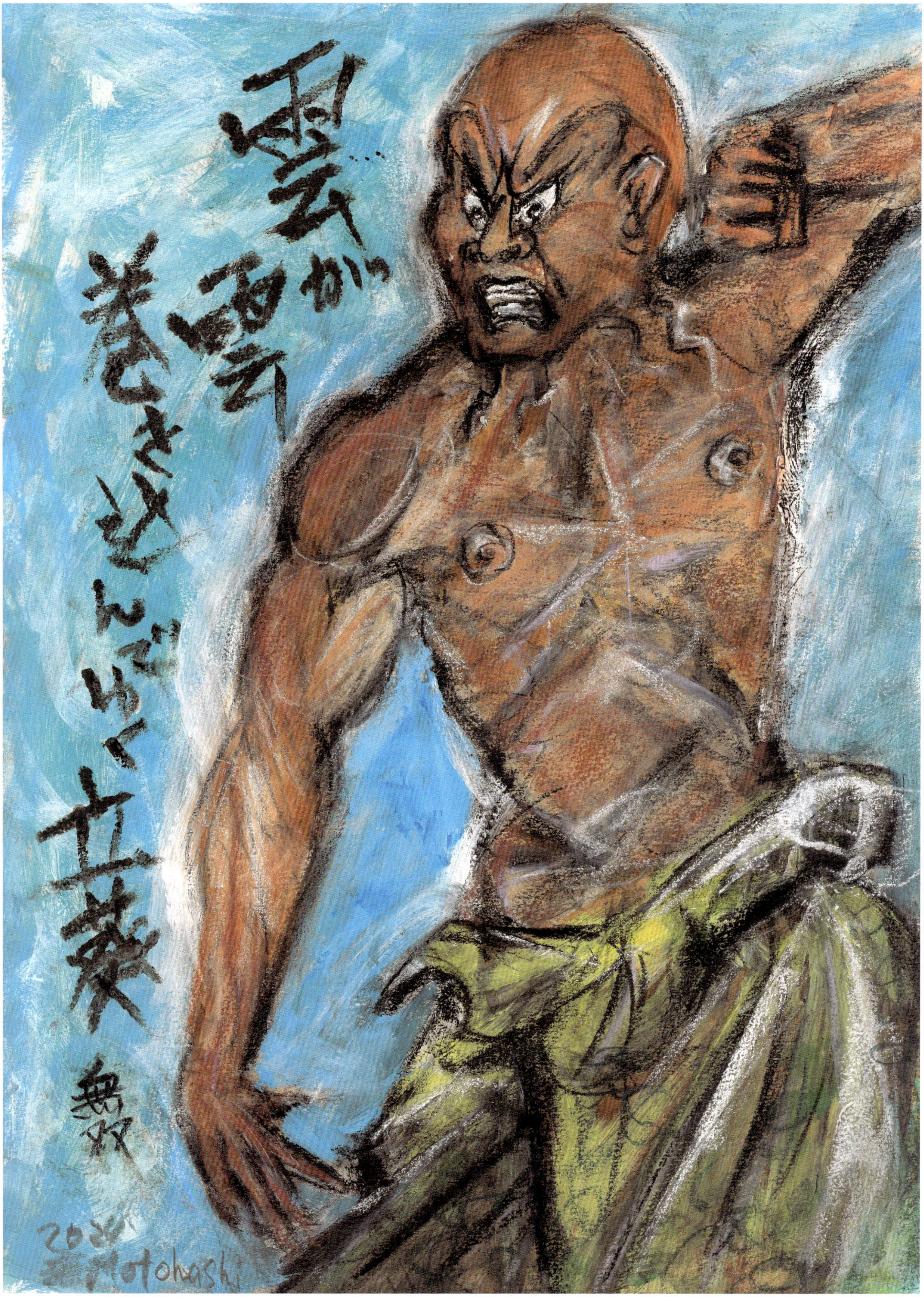
雲が雲を巻き込んでゆく
無双
Motohashi

雲が雲巻き込んでゆく立葵

仁王／五四頁

盾の兄弟

塹壕を護る兄弟二月尽

寒き夜や何度も歩哨交替す

塹壕の壁の凸凹凍て返る

塹壕の凍りし泥を踏んでをり

早春の双眼鏡に露西亜兵

豆粒の露兵が見える余寒かな

塹壕に当たり出す弾冴え返る

白息や塹壕を抜け塹壕へ

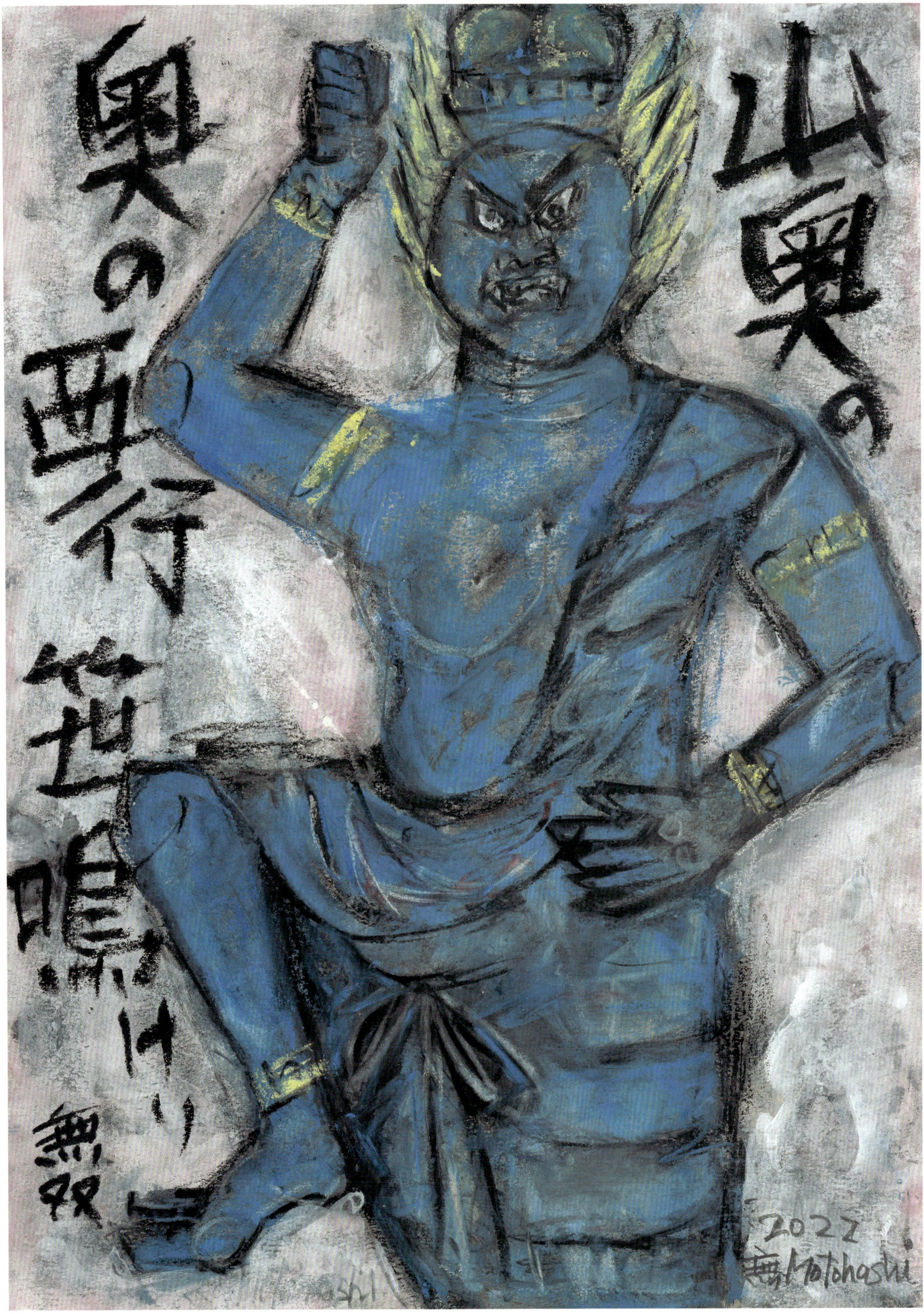
山奥の
奥の西行笹鳴けり
無双
2022
Motohashi

山奥の奥の西行笹鳴けり

蔵王権現／五八頁

八年の訓練

八年の戦闘訓練春立ちぬ

息白きウクライナ兵実戦に

早春や敵戦闘機低く飛ぶ

白息や肩にミサイル固定する

春光やミサイルの引く放物線

春光のミサイル当たるまで曲がる

早春や敵の主翼が落ちてくる

冴え返る露軍大型ヘリコプター

早春や胴の回って落ちるヘリ

春寒や露軍の肥えたパイロット

春光や
笑顔の
特攻隊員
無双
2023
Motohashi

春光や笑顔の特攻隊員

子犬／六二頁

神父

春寒や露軍の戦車止めらるる

春光の神父戦車の前にをり

春光や背高のっぽの神父なり

春光の神父と並ぶ神父かな

春光の神父を嗤《わら》う露西亜兵

春光やのっぽの神父倒れけり

春光や撃たれし神父苦笑せり

春寒の戦車さっさと動き出す

死ぬ様な
場所に
咲いてく
蚯蚓がな

死ぬ様な場所に出てゆく蚯蚓《みみず》かな

転害門《てがいもん》／六六頁

露軍戦車隊

春寒や無傷の露軍戦車隊

白息や露軍をもっと引きつける

格好の的の戦車や冴え返る

春寒の露兵まったく気付かずに
あらぬ方から春光のミサイルが
春寒の戦車突然被弾せり

黒煙を噴き上ぐ戦車冴え返る

春寒の戦車いきなりバックする

明後日を向く砲塔や春浅し

黒雲に

花かおり
無双
2022
Motohashi

黒雲に雷がゐる花ざかり

赤鬼／七〇‐七一頁

湿原

そろそろと弛《ゆる》む凍て付く大湿原
啓蟄の自然侮る露西亜兵
キャタピラの弛む凍土に沈み出す

啓蟄の戦車を捨てる露西亜兵

啓蟄の露軍の鹵《ろ》獲《かく》戦車かな

啓蟄や同じ戦車の敵味方

蟻地獄
奈落の
底も
ただの砂
無双
2022

蟻地獄奈落の底もただの砂

閻魔大王／七四頁

城壁

先祖から変わらぬ城壁下萌ゆる

下萌の城壁静かに圧迫す

下萌やずらりと並ぶ露西亜軍

春光の泥をキャタピラ掻き回す
露軍みな春泥に足取られけり
着弾の春泥頭から被り

砲弾の怒涛の雨や冴え返る
どろどろの露西亜兵捕虜春の暮
ウクライナ兵春夕焼の城壁に

2022

ドローン

春浅き市販ドローンを実戦に

春寒の爆弾を抱くドローンかな

春光や市販ドローンの体当り

草萌に散らかる戦車のスクラップ

阿修羅／七八頁

2022
Motohashi

狙撃手

筒抜けの露軍の通話冴え返る

前線に将校がゐる余寒かな

将校の顔割れている余寒かな

寒林や狙撃手尿を垂れ流す

スコープの将校の顔冴え返る

春寒や露西亜将校一発で

2023 Motohashi

露軍捕虜

三月の日没一気に氷点下
三月の野営マイナス二十度も
凍傷の指死にかけの露西亜兵

燕の巣／八二頁

啓蟄の缶詰はみな期限切れ

投降の露兵凍土で腹ばいに

暖房や食堂にゐる露軍捕虜

簡単に寝返る露兵暖房す

啓蟄の戦車まで売る露西亜兵

啓蟄の捨て値の露軍戦車かな

春愁や露兵の握る戦車代

子鹿見る人を
母鹿見てをりぬ
2024
Motohashi

子鹿見る人を母鹿見てをりぬ

薊／八六頁

地雷探知犬

春光の犬の防弾チョッキかな
春光や二歳の地雷探知犬
早春のここから先は地雷原
早春の瓦礫を触る犬の鼻
春の夜の地雷探知の褒美かな
春灯やずっと甘えるビーグル犬

2023
Motohashi

ウクライナ伝統楽器コブザ

マフラーやコブザの首を掴みをり
マフラーやコブザの弦を弾き出す
音階を揺さぶるコブザ春浅し

ピエロ／八八頁

春昼のコブザ哀愁膨らます

春の昼みなじっと聴くコブザかな

いきなりの着弾春昼途切れけり

春日や黒煙を噴くビルとビル

春日の放水どれも高々と

放水に虹掛かり出す鎮火かな

春光やコブザ奏者の志願兵

暴力の絶えぬ
正義の晩夏かな

暴力の絶えぬ正義の晩夏かな

十一面観音／九二頁

非道　一

永き日やそれぞれのビル穴だらけ

校庭の大きな穴や花ざかり

患者ごと崩れた病院木の芽時

啓蟄の露軍の荒らした赤十字

ミサイルの筒の転がる日永かな

鉄骨のくの字に曲がる日永かな

行春や下半分のテレビ塔

仰向けの車の腹や風光る

遺体袋重なる荷台春深む

ゆく春や動物園の生き残り

春昼や退避はバクの親子から

囀りや瓦礫の中のカフェが開く

角材の面を焚火に押し込める

角材の面を焚火に押し込める

不動明王／九六頁

非道　二

露兵乱入の焚火となりにけり
夜焚火や露兵の酒の戦利品
夜焚火の露兵ウオッカのラッパ飲み

空瓶を投げては爆ぜる焚火かな

夜焚火の露兵奇声に奇声上ぐ

焚火跡ウオッカの瓶の溶けた山

春昼やぽつんと家人立ってをり

着膨れた母が息子を埋めてをり

春昼や野良犬同じ処嗅ぐ

行く春や何でもありの露西亜軍

祖母に祖母の
育てた水仙供えけり
無双
2023 燕 Motokashi

祖母に祖母の育てた水仙供えけり

かぼちゃ／一〇〇頁

露兵遺族

露兵遺族手当のじゃがいもと玉ねぎ
ペーチカや息子にこれを供えても
一袋のじゃがいも玉ねぎぶちまける
乱切りのじゃがいも玉ねぎ春の暮
春の灯のスープに曇る遺影かな

関節を鳴らし締める
アナコンダ

関節を鳴らして締めるアナコンダ

猫／一〇二頁

回収弾

あちこちの露軍放置車春深む
永き日やハッチの開いた装甲車
弾帯のじゃらっと長き日永かな
ぴかぴかの回収弾や春深む
行く春や回収弾のとぐろ巻き

新手
一生

新手一生

棋士／一〇四頁

露西亜退役兵

行く春の助太刀露西亜退役兵

永き日やじっくり学ぶ退役兵

行く春や退役兵を送り出す

2023 Motohashi

露軍首都撤退

晩春の露軍被害をうやむやに
何もかも足らぬ露軍や春の果
晩春の露軍じりじり後退す

夜明けの佐保川／一〇六頁

晩春の露軍首都からいなくなる

春夕焼首都ごつごつとありにけり

逃げながら荒らす露兵や春の暮

行く春の露兵貪る戦利品

行く春の露兵宝石鷲掴み

セーターの両腕あまたの腕時計

行く春の露軍荷台の家電品

行く春や露兵の屍放置さる

燕の子
巣をはみ出して
育ちけり
舞

燕の子巣をはみ出して育ちけり

侍／一一〇頁

避難所

避難所の体育館や春深む

避難者の結婚式や春灯

産声の上がる避難所春深む

避難所の新入生となりにけり
避難所に折り紙がある春の暮

春昼や大統領が現わるる

避難者の長居する春惜しみけり

2023
Motohashi

ウクライナの花

水仙の薬莢《やっきょう》だらけの中にかな
供えられた様に水仙生えてをり
人の居ぬ庭に立派なチューリップ
そのままの瓦礫の通り花ざかり
向日葵の四方八方果てしなく

桜／一一四頁

伊勢志摩英虞《あご》湾／一一六－一一七頁

止まらぬ侵略

行く春や旗艦モスクワ傾きぬ

春光や手ぶらであるく大統領

春風や瓦礫の中の大統領

春の果とことん戦うウクライナ

おわりに

この一連の句は、冬季北京オリンピック終了前、露西亜軍がウクライナ国境に集結してから首都キーウを撤退、そして旗艦モスクワが撃沈されるまでをインターネットの情報を見て作った。私は、その年の三月からコロナ肺炎で三ヶ月ほど入院、仕事復帰まで半年を要した。入院中女房に「露西亜侵攻の俳句が二百句できたら本になるかな」とかすれた声で言うと「なるんちゃう」と明るい言葉が返ってきた。何だか妙に力が湧き、そこから懸命に俳句を作った。

そして二年経った今もウクライナで戦闘が続いている。その間露西亜と国境の接するフィンランドがＮＡＴＯに加盟、フィンランドの隣スウェーデンもその後ＮＡＴＯに加盟し露西亜の脅威に備えた。

一方わが国とその周辺では、中国の台湾への軍事圧力、中国公船の尖閣諸島への領海侵犯の日常化、北朝鮮の度重なるミサイル発射など危うい日々の平和が続いている。

帰らない拉致被害者や十二月

私は、俳句を秋山未踏先生、絵を東尚彦氏から学んだ。

未踏先生は子規、鳴雪と続く俳句結社の主幹となり、大勢の弟子の俳句を高みへと導いていた。あるきっかけで遠方にいる俳句を知らない若者達に先生の指導が始まっていた。毎月句会報を送り先生が添削をして、一句ずつの批評が録音されているカセットテープを句会のメンバーが回し合って聞き、また句友の溜まり場の喫茶店で聞いて唸ったりゲラゲラ笑う楽しい日々だった。テープは「やあ諸君元気でやっとるか」で始まり「じゃあな」で終わる。「いかん」「パッとせん」「くだらん」と叱責される句や「悪くない」「この句はいいよ」と大いに誉められる句を作った時には鼻が高かった。赤ペンで添削の入った出句用紙を見ながらテープを聞くと大変勉強になった。

先生と出会って二年ほどで転職三度目の私は、墨職人を目指していた。句会でこちらに訪れていた先生がわざわざ仕事場に来た。全身真っ黒になって働いている私を見て言葉が詰まっていたらしい。

墨職の素手と素足や冬に入る

先生の書斎にあった石田波郷全集が東氏の営む古書店に積まれていた。東氏はさまざまなジャンルの芸術を志す者が集まる同人誌を立ち上げていて、あまりの厳しさに脱落者が続出する中、意見を求める芸術家が数多くいた。波郷全集を買ってから交流が始まり、未踏先生に心酔していた私は先生の作品の模倣したものを東氏に見せると、けんもほろろ揚句の酷評だったがおかげで自分の作品を模索するようになった。

行春や自画像の顔塗り潰す

先生が亡くなり俳句への情熱がなくなりかけていた時、友人が通っていた太極拳教室に参加すると夏はＴシャツを絞れば汗がジャーと流れるほど熱中し、修行の楽しさを思い出した。

そして三年が過ぎた頃、古書店の玄関に仁王立ちの東氏。大きな目で射抜くように私を睨み、なぜかその後手招きをされて二人で店に入り、また交流が再開した。囲碁を嗜む東氏が、五十を過ぎた私にも打てるようになるからと勧めてくれやってみたがあまり上達しなかった。その間知らなかった作家や芸術家の本をいくつも紹介された。碁盤を挟んで東氏が「君は本当は絵がやりたいんだろ」と言い囲碁はやめて絵の指南をすると言い出した。亡くなる三ヶ月前だった。

東氏は個展の後急に体調を崩し入院した。私は病室に毎日通い絵を学んだ。「写実に引っ張られている」「（岸田）劉生の描写に迫ってみろ」と時には語気を荒げる指導が今際の際まで続いた。

烏の子烏の前を飛びにけり

令和六年晩夏

著者プロフィール

本橋 無双（もとはし むそう）

昭和39年生まれ。高知県出身。
平成4年から墨造りに携わる。

句画集　抗戦

2024年12月15日　初版第1刷発行

著　者　本橋 無双
発行者　瓜谷 綱延
発行所　株式会社文芸社
〒160-0022 東京都新宿区新宿1－10－1
電話 03-5369-3060（代表）
03-5369-2299（販売）

印刷所　TOPPANクロレ株式会社

ISBN978-4-286-25890-4